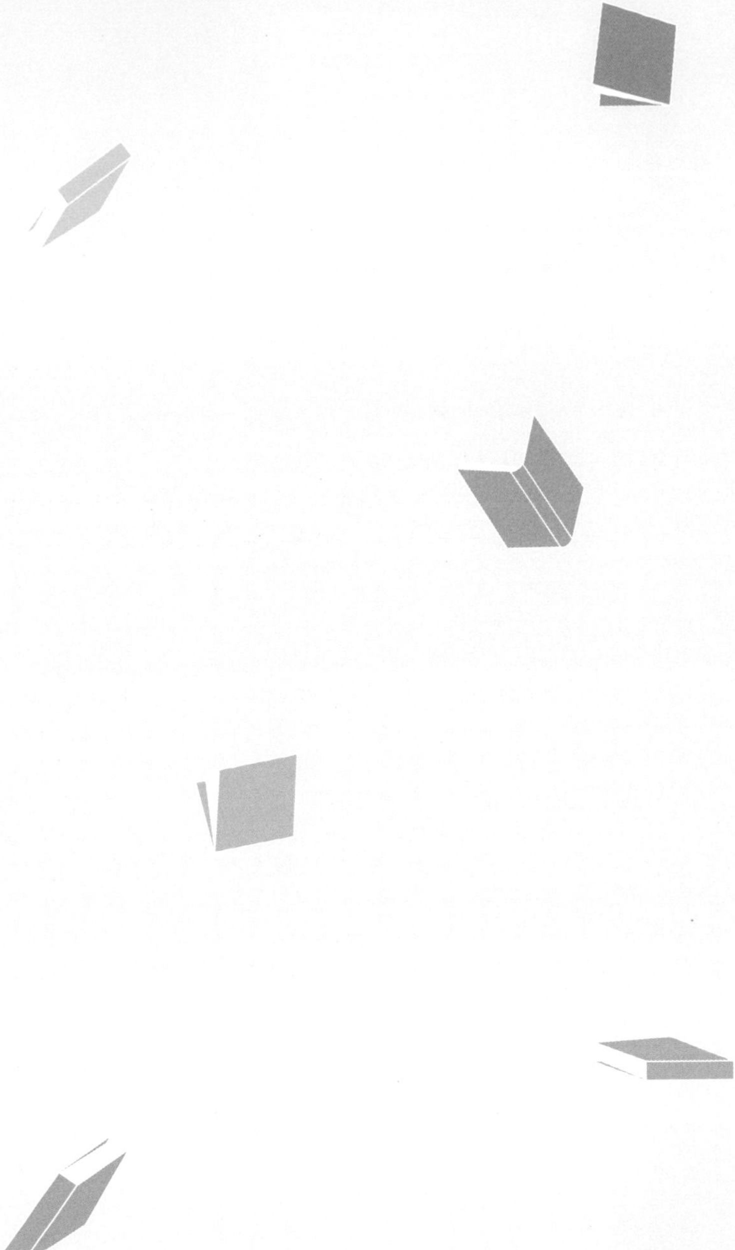

閱讀123

# 小火龍大賽車

文 哲也　圖 水腦

目錄

# 火龍日報

## 號外！大消息！

## 「小火龍」換人做做看?!

頭條新聞

小火龍系列故事已經出到第五集了！作者表示：從這一集開始，原本的「小火龍」改叫「火龍哥哥」，而上一集出現的可愛新角色「火龍妹妹」，從今以後就叫作「小火龍」！請讀者不要搞錯喔！

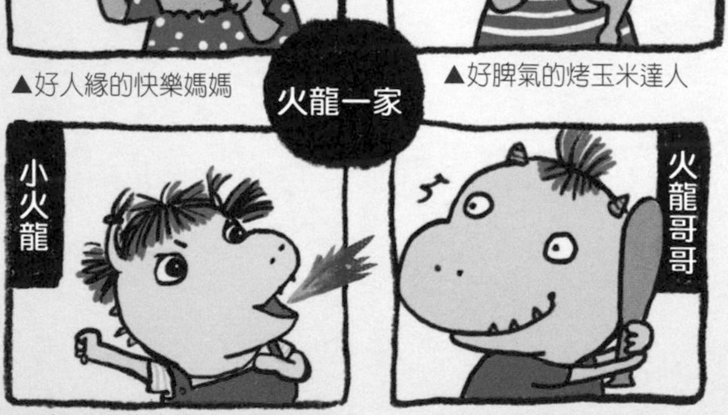

▲好人緣的快樂媽媽

▲好脾氣的烤玉米達人

▲好大膽的小傢伙，是女生

▲好善良的棒球高手

體育新聞

## 「草原盃大賽車」登場啦！

為慶祝國王瘦了一公斤，皇室特別舉辦「草原盃大賽車」，將於下午兩點開始舉行，電視同步實況轉播，請大家準備好爆米花準時收看。

地方新聞

## 「草原上的紅綠燈」奇怪不奇怪？

交通部最近在草原上架設了好幾個紅綠燈，草原上的居民反應不一，有人認為紅綠燈亮時會「叮咚」一聲，很可愛，但也有人認為大草原上有紅綠燈是很奇怪的一件事。

## 好人好事

每天辛苦送牛奶給大家的牛伯伯，昨天決定把送牛奶存的錢，全部捐給孤兒院，這時他才發現國內沒有孤兒，於是他決定捐給流浪動物之家，因為流浪動物就像孤兒一樣。

▲好心的牛伯伯（攝影／郝欣常）

## 奇人怪事

▲什麼都吃的小暴龍（圖片提供：警察局）

草原上的居民最近要寄信的時候，發現郵筒不見了。警方從監視器畫面發現，原來是什麼都吃的小暴龍半夜偷吃掉的。

新的郵筒將會塗上辣椒。

## 填字遊戲

小火龍已經出四集了，健忘的作者忘了它們的名字，你能幫他從右邊的提示裡，選出正確的答案嗎？很難喔！

第1集 火龍家庭□□□

第2集 小火龍□□□

第3集 小火龍□□□□

第4集 小火龍與糊塗小□□

特別題 這些書都□□□

**提示**

| | | |
|---|---|---|
| 鳳梨酥 | 故事集 | |
| 棒棒糖 | 棒球隊 | |
| 橘子汽水 | 便利商店 | |
| 魔女 | 編輯 | 水腦 |
| 好好看 | 很好看 | 超好看 |

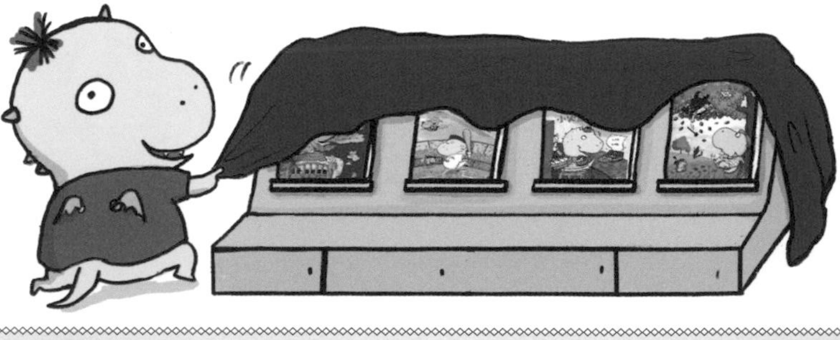

# 1

# 誰知道

ㄕㄟˊ ㄓ ㄉㄠˋ

夏天的草原上，響起了達拉、達拉、達拉……的聲音。

接著是一聲，叮咚！

接著是，叩囉、叩囉、叩囉……

哞！

叩囉、叩囉、叩囉……

叮咚！

達拉、達拉、達拉……

碰！

聰明的讀者應該都猜得出這些是什麼聲音。

什麼？猜不出來，好吧，那我們重來一遍。

夏天的草原上，一位皇家騎士從城堡裡跑出來，

達拉、達拉、達拉的騎馬跑過草原。

叮咚，草原上的十字路口，紅燈亮了。

騎士只好停下來等。

當心牛車
慢車優先

「大草原上怎麼會有紅綠燈啊？」騎士托著下巴，嘟著嘴。

這時候，叩囉、叩囉、叩囉……一輛牛車慢慢走過十字路口。

哞！老牛回頭對騎士打招呼。

叩囉、叩囉、叩囉……牛車好不容易終於通過了十字路口。

叮咚！綠燈亮了。

達拉、達拉、達拉……

騎士快馬加鞭向前飛奔，來到了火龍家門口。

碰！他推開大門。

「誰知道！」騎士大喊。

擠在沙發上看電視的火龍一家人回過頭來。

「知道什麼？」

「我是說：聖旨到！」騎士把頭盔摘下來。「戴這玩意兒講話總是講不清楚。

「這個笑話第一集就用過了。」火龍媽媽說。

「第一集？」騎士嚇了一大跳：「那現在是第幾集了？」

「第五集了。」

「什麼？我錯過這麼多集！」騎士全身無力，倒在沙發上。

「別這樣，沙發已經很擠了！」火龍媽媽抱怨說。

「從第一集到第四集都發生了些什麼事？求求你們告訴我！」騎士說。

「自己去書店買來看！」火龍家三人齊聲說。

「最近的書店騎馬也要三天啊……」騎士嘟著嘴巴說。

「不要吵。」火龍媽媽說：「今天是舉行大賽車的日子，電視轉播馬上就要開始了！」

「咦，」火龍哥哥從沙發上站起來：

「為什麼我們家只有三個人？」火龍爸爸和火龍媽媽也跳起來。

「妹妹呢？」

「剛剛不是還和我們一起擠在沙發上看電視嗎？」

接著，一陣翻箱倒櫃的聲音。

「不在抽屜裡。」

「不在衣櫃裡。」

「也不在冰箱。」

「家裡都找遍了，
妹妹到底跑哪兒去了？」
火龍哥哥和爸媽急急
忙忙出門去找妹妹。
碰，他們關上門。

只留下騎士一個人坐在沙發上。

「呃……你們不想知道聖旨說些什麼嗎？」

# 2

到底
ㄉㄠˋ ㄉㄧˇ

幾歲了
ㄐㄧˇ ㄙㄨㄟˋ ㄌㄜ˙

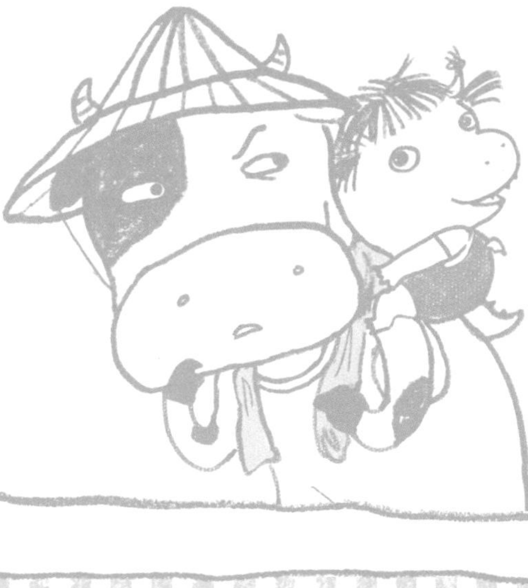

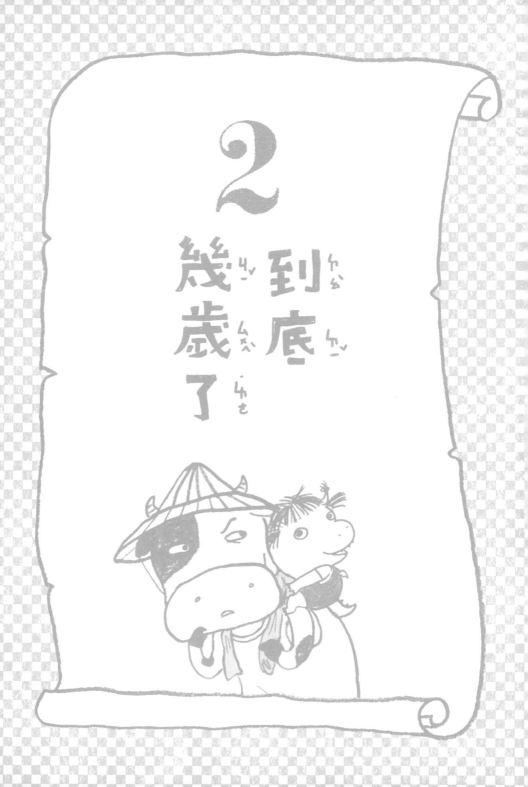

大草原上，有一個小東西走在草浪裡，
發出窸窸窣窣的聲音。
窸窸窣窣、窸窸窣窣。
叩囉、叩囉、叩囉、叩囉……
叮咚。
哞！
「牛伯伯，你好！
你要到哪裡去啊？」

「我要去送牛奶啊！」

「啊，我最喜歡牛奶了！」

「來，請你喝一瓶。」

咕嚕，咕嚕。咕嚕，咕嚕。

「啊，好喝。」

「你是誰家的孩子啊？」

「火龍家啊！我是小火龍。」

「你是火龍？呵呵，哪有這麼小的火龍，我才不相……」

轟！

「我相信了……」牛伯伯用毛巾把黑漆漆的臉抹乾淨。「你怎麼這麼小就會噴火？」

「我已經七歲了！」

叮咚，大草原的十字路口，綠燈亮了。

「好了，我要繼續去送牛奶了。」

牛伯伯拉起裝滿牛奶瓶的手拉車。

「我可不可以跟你一起去？」小火龍跳到牛伯伯背上。

「好吧，反正一個人送牛奶也滿無聊的，送完牛奶我再送你回家。」牛伯伯說：「只要你不要再亂噴火就行了。」

「知道了！」

「還有，不要騎在我肩膀上，坐到後面車上去。」

「喔！」

叩囉、叩囉、叩囉……牛車繼續慢慢往前走。

「你還這麼小，就自己一個人跑出來，爸媽不會擔心嗎？」牛伯伯問。

「不會吧，我都已經五歲了！」小火龍說。

「你剛剛不是說七歲嗎？你到底幾歲？」

「四歲。」

叩囉、叩囉、叩囉……

牛車在草原裡慢慢往前走。

「你為什麼自己一個人跑出來玩？」牛伯伯問。

「因為昨天晚上我夢到草原上有一隻大怪獸，像山那麼大。」

「呵呵呵，小孩子想像力真豐富。」

叩囉、叩囉、叩囉……牛車繼續走在草原上。

呼……呼……

風在草原上溫柔的吹拂著。

沙……沙……

綠草像海浪一樣搖曳著。

嗚嗚……嗚嗚……

「那是什麼聲音？」

嗚嗚……嗚嗚……的聲音愈來愈近。

小火龍歪著頭，往下一看。草叢裡，趴著一隻小狗。好小、好小的小狗。嗚嗚，嗚嗚。小狗一邊哭，一邊抬起頭，看著小火龍。

「各位觀眾，現在為您插播一則緊急消息。國王剛剛發布一道聖旨，通知草原上的所有居民，皇家科學院實驗室裡的實驗動物逃走了，請大家小心，如果看到照片上這隻小狗，請馬上尖叫一聲，然後通知皇家警察騎兵隊，絕對不可以餵牠，也不可以收養牠，也不可以對牠笑，（什麼？好的，我馬上更正。）各位觀眾，更正一下，沒有規定不能笑。但是，小心！那隻小狗是很危險的實驗動物！請發現牠的人立即撥打皇家警察騎兵隊的電話……」

花園西餐廳的大電視裡，新聞播報員緊張兮兮的喊著。

電視上有一張可愛小狗的照片，旁邊寫著兩個大字：「危險」。

九頭龍小妹妹趴在櫃臺上，九個頭輪流打著呵欠。今天客人很少，大家都留在家裡等著看大賽車的實況轉播。

火龍哥哥和爸媽推開門衝進來。

「妹妹有沒有跑到這裡來？」

九頭龍的九個頭輪流搖頭。

「奇怪，到處都找過了……妹妹到底跑哪去了？」火龍哥哥急得都快哭了。

「都是我不好，沒有看好她。」媽媽靜靜走到櫃臺後面。

「這位客倌，」媽媽笑咪咪的問：「今天要喝杯拿鐵、奶茶還是巧克力？」

「來杯香草茶好了。」爸爸在櫃臺前坐下來。

「你們怎麼還這麼悠哉啊？你們的女兒不見了耶！」火龍哥哥大喊。

「急也沒有用啊，」火龍媽媽說：「而且妹妹三歲了，我記得我三歲的時候都已經可以出去和騎士決鬥了。」

「那我們去找老巫婆奶奶，請她用水晶球看看妹妹在哪裡！」

「我看她今天可能沒空。」火龍媽媽指了指電視機。

電視上的大嘴鳥主持人興奮的播報著：

「各位觀眾，歡迎收看我們今天為您帶來的現場實況轉播，十年一度的草原杯大賽車就快要開始了，比賽現場正在進行最後的準備工作。現在先讓我為您介紹播報台上的特別來賓：老巫婆奶奶！透過老巫婆的水晶球，我們可以看到最真實的第一手轉播畫面，不管選手在哪個角落，都可以一覽無遺喔！」

電視上，老巫婆奶奶捧著水晶球向觀眾揮手。

# 3

# 換身術

大草原上，叩囉、叩囉、叩囉……牛車慢慢的走著，車上有一隻小火龍和一隻小狗。

「牛伯伯，牠好像很愛睏的樣子耶。」

小狗剛喝完一碟牛奶以後，就捲著身體睡著了。

小火龍蹲在小狗身邊，仔細看著牠一顫一顫的睫毛和尾巴。

「可憐的小東西，不曉得流浪多久了。」

牛伯伯說：「現在的人真是的，小狗不想養了，就把牠丟出家門，害牠到處流浪。」

「說不定牠是迷路了。」小火龍說：「我們去幫牠找爸爸媽媽好不好？」

「我倒是覺得應該先找到你爸媽比較好。」

「我又不是流浪動物！」

「啊，到了，前面是浣熊先生家，他們有訂牛奶。」

「我去！」

小火龍拎著牛奶，跳下車。

叩叩叩。

浣熊先生打開門。

「這是你的牛奶！」小火龍把牛奶遞出去。「請問你們家有沒有走丟小狗？」

小火龍指了指牛奶車。

小狗已經醒了，正站在車子的護欄邊，吐著舌頭。

浣熊先生本來笑咪咪的眼睛，忽然睜得好大。

「啊！」他尖叫一聲，碰，關上大門。

小火龍搖搖頭走回車上。「奇怪，浣熊好像很怕狗耶。」

牛伯伯聳聳肩。

他們繼續往前走，走呀走，走到了袋鼠太太家。

叩叩叩。

袋鼠太太打開門，看到小狗，本來笑咪咪的臉，頓時僵住了。

「啊！」她大叫一聲，碰，關上門。

「大家都很怕狗。」小火龍笑著說。

「到底怎麼回事？」牛伯伯歪著頭。

叮鈴！叮鈴！

前面路上有個小女孩騎著腳踏車過來。

「是糊塗小魔女姐姐！」小火龍高興得跳了起來。

「沒禮貌，」小魔女敲敲她的頭。「要叫我可愛小魔女！你怎麼會在這裡？」

「牛伯伯求我幫他送牛奶！」

牛伯伯笑著聳聳肩。

「我懂我懂，這小子偷跑出來玩也不是第一次了。」小魔女對牛伯伯說。

小狗趴在車邊，抬著頭，對大家笑著搖尾巴。

「啊！」小魔女把小狗一把抱起來：「這不就是電視上那隻小狗嗎？沒錯！一模一樣！」

「原來牠是電視明星呀！」小火龍說。

「不，是逃犯，是從實驗室脫逃的危險動物……電視說的。」小魔女看著小狗黑溜溜的眼睛說。

「一點都看不出哪裡危險嘛。」牛伯伯說。

「你看！牠脖子上有這麼多針孔！」小魔女撥開小狗脖子上的毛。

「真的耶，」小火龍湊過來看。「是因為生病打針嗎？」

小狗眼睛水汪汪看著他們。

「真想知道這隻小狗發生了什麼事。」牛伯伯說。「可是牠又不會說話。」

「有了！」小魔女抽出她的魔杖。

「我們六年級高級魔法班，有教一招『換身術』，只要我和牠交換一下身體，就知道牠的故事了！」

小魔女打開背包，拿出課本，照著上面的咒語唸出來：

叮叮咚咚，沙沙沙，

咕嚕咕嚕，哈哈哈，

達拉達拉，你別怕，

叮鈴叮鈴，換一下！

小魔女用魔杖輕輕敲一下小狗的頭，再敲一下自己。

咻，一陣閃光，小魔女突然蹲下來，哈哈哈的吐舌頭。

而車上的小狗則開口說話：「耶！成功了，我現在在小狗身體裡面了！」

「哇！真好玩！」小火龍跳起來：「那原來的小魔女現在是小狗囉？來，握手！」

蹲在地上的小魔女抬起手來。

「趴下！打滾！」

「不要胡鬧。」小狗說：「我等一下還要換回來的！」

牛伯伯拉住小火龍的尾巴，對小狗說：

「別理她，你快看看這小狗心裡在想什麼。」

小狗閉上眼睛。

「啊，看到了，我在腦海裡看到牠的回憶了，我看到狗媽媽。狗媽媽生了四隻小狗，

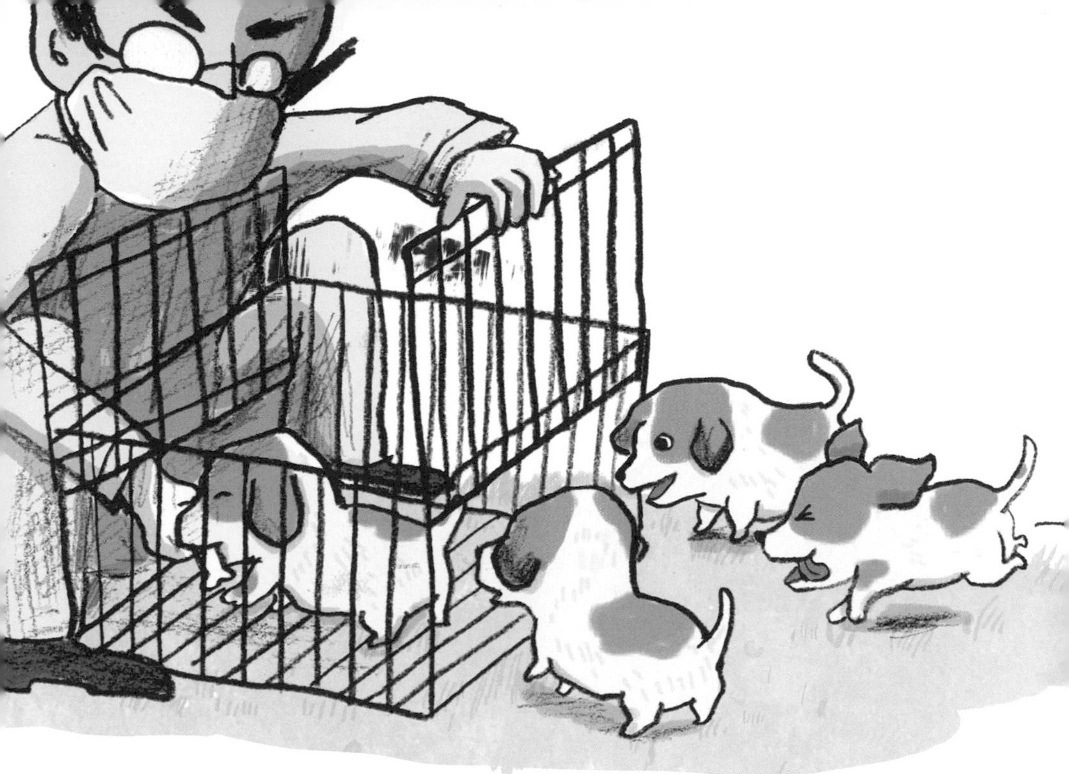

四兄弟玩得好開心。有一天，一個穿白衣戴口罩的人來了，把四隻小狗統統抓進籠子裡。從此以後，牠們再也不能在陽光下奔跑了。牠們被抓進一個冷冰冰的地方，一個看起來像是實驗室的地方，被打

了好多針，好痛……然後，有一天，白衣人搖頭說：『唉，失敗了！』，於是牠們又被一隻隻抓出籠子打針，三個哥哥打完針以後，就倒地不動了……只剩這隻小狗。牠好害怕，一直發抖，牠不想打針，只好在白衣人手上咬了一口，然

後拼命跑、拼命跑……牠跑出實驗室，跑到草原上，最後倒在草叢裡，沒力氣了。醒來以後，就看到一隻可愛小野獸的臉孔……」

「那是我！」小火龍舉手。

「然後喝了一碟好好喝的牛奶。」

「那是我餵牠的！」

「那可是人家牛伯伯的牛奶耶，」小狗說：「咦，牛伯伯，你怎麼了？」

牛伯伯哭得滿臉都是淚水。「嗚……太可憐了，怎麼狠得下心……世界上竟然有人抓小狗去當實驗品，那白衣人到底是誰？」

「是我。」

牛伯伯回頭，看見一個穿著白袍，戴著口罩的人走過來。

「我是皇家科學院的懷特博士，剛剛接到電話，說逃走的實驗動物就在這裡。」

懷特博士往前一個箭步，抓起小狗。

「實驗失敗的動物如果不消滅，就太危險了。」他對小狗說：「我以後接受國王表揚的時候，會感謝你的貢獻的。」

他拿出一個橡皮圈套在小狗嘴巴上。

「這下子你咬不到我了吧？」

蹲在旁邊地上的小魔女跳過來，咬住博士的屁股。

「哇！」

博士一鬆手，小狗和小魔女一起跳回車上。

「我們快逃！」牛伯伯拉起車子。

「老牛能跑得過騎兵隊嗎？」

博士一揮手，埋伏在草原裡的一隊騎兵，騎著馬慢慢包圍過來。

「怎麼辦？」小火龍問。

小狗沒辦法開口，只能對著魔法課本嗚嗚叫。

「你要我翻開它嗎？」小火龍在魔法課本裡亂翻。「快速改變髮型的魔法？」

小狗猛搖頭。

「快速知道故事結局的魔法？」

小狗猛搖頭。

「快速逃走的魔法？」

小狗點頭了。

小火龍把課本上的咒語大聲唸出來：

三十六計，腳底抹油，

飛毛快腿，拔腿就溜！

咻，咻，咻！

魔法棒亮了起來。

小火龍拿起魔法棒，跳起來，往牛伯伯頭上敲了一下。

牛伯伯果然像腳底抹了油一樣，咻的一聲飛奔出去。

# 4 比賽開始

GRASS
LAND
CUP
TVAS
盃
大
賽
王子加油!
皇后冠軍
UP

沙拉公主
NO.1
沙拉公主後援會
SNG
草原
GO!
沙拉公
NO.1
GRASS
LAND
CUP
GRASSLAND

「各位觀眾，現在為您介紹這次大賽車的參賽選手，一號是駕駛紅色敞篷跑車的皇后，二號是駕駛大公車的貓熊先生，三號是溜滑板的迅猛龍小弟弟，四號是開玩具車的小暴龍。啊，等一下，小暴龍退出比賽了，

因為還沒開賽，他就把方向盤吃掉了！」

國王的城堡外面，飄盪著大賽車的旗子，所有的賽車都停在起跑線前面，等大嘴鳥播報員為他們一一介紹。

「五號是特別從銀河系另一邊趕來參加的沙拉公主，她駕駛的是小火箭！六號是騎越野機車的帥氣王子，七號是騎掃把的巫師先生，八號是三隻小豬，他們一起踩協力腳踏車，九號是來自洪荒世界的原始人，騎的是長毛象！

好，現在國王已經舉起旗子了，比賽開始！」

坐在電視機前面的觀眾都張大眼睛。

一陣引擎聲中，沙拉公主的小火箭一馬當先衝了出去。

「果然是來自外星的高級科技，沙拉公主暫居第一，以美乃滋為燃料的小火箭速度實在太快了，緊追在後的是皇后、巫師、王子、貓熊、迅猛

龍、長毛象……殿後的是騎協力車的三隻小豬。啊，等一下，新的參賽選手出現了！是送牛奶的牛伯伯！他跑得好快，現在我們請巫婆奶奶把鏡頭拉近一點。」

巫婆把兩隻手指放在水晶球上，往外一撥。

電視機前的觀眾都看到一隻氣喘吁吁的老牛，兩腳像渦輪引擎似的，拉著牛奶車，飛快的追上賽車隊伍，很快就超越了三隻小豬。

「各位觀眾！牛車上好像還有乘客，是一隻好小好小的火龍！」

花園餐廳裡，電視機前面，火龍全家都跳了起來。

「妹妹！」

「妹妹跑去參加賽車了！」

牛奶車上，小火龍拼命想把綁住小狗嘴巴的橡皮圈扯下來，卻怎麼也扯不下來。

「牛伯伯！快追上前面的車，請前面車上的司機幫我們忙！」小火龍喊。

牛伯伯快馬加鞭往前衝。

「現在鏡頭回到領先的沙拉公主，」大嘴鳥繼續播報：「小火箭已經繞過森林，森林邊有一群沙拉公主的歌迷早就等在那裡為她加油，啊，沙拉公主忍不住停下來替歌迷簽名……緊追在後的皇后現在變成第一名了！」

皇后從敞篷跑車的後視鏡看到其他選手遠遠落後，忍不住得意的笑了起來。

「魔鏡啊魔鏡，」皇后問後視鏡說：「我是不是全世界跑得最快的人？」

後視鏡老實的回答她：「皇后，該轉彎了。」

「啊！」皇后的跑車衝進一座池塘裡。

「各位觀眾，不專心開車的皇后被淘汰了！」大嘴鳥喊著：「現在領先的是騎掃把的巫師，緊追在後的是王子的越野機車、貓熊公車、迅猛龍的滑板……啊，滑板被長毛象踩扁了！迅猛龍小弟弟哭著跑回家了。」

殿後的三隻小豬騎著協力車，看到迅猛龍小弟弟傷心的跑過去，都下車來安慰他。

「咦，這是一個很適合野餐的地點呢！」三隻小豬突然發現。

於是三隻小豬把腳踏車停好，拿出三明治和蘋果，在草地上坐下來野餐。

「看來三隻小豬也退出比賽了……」大嘴鳥播報員說：「現在騎著長毛象的原始人和牛伯伯的牛奶車並駕齊驅，各位還沒學成語的觀眾，並駕齊驅就是平手的意思。啊，原始人竟然拿出弓箭，向牛奶車射箭！但

是車上的小火龍噴火把飛來的箭都燒掉了，原始人看到火，大吃一驚，從長毛象上面跌了下來。原來，原始人從來沒見過火！」

電視鏡頭裡，可以看到牛奶車現在和貓熊公車並駕齊驅了。

貓熊司機從車窗往外一看。

「是小魔女？」

牛奶車上，小魔女像小狗一樣哈哈哈吐著舌頭，旁邊是小火龍和一隻小狗。小火龍好不容易終於把套在小狗嘴上的橡皮圈扯下來。

「啊，終於可以說話了。」小狗說。「嗨！貓熊司機先生！」

「是那隻逃出實驗室的危險動物！」

貓熊司機嚇一跳，方向盤一歪，緊急煞車，差點撞上路邊的公車站牌。

站牌邊等車的老婆婆，露出沒有牙齒的笑容。

「請問有到火車站嗎？」

「各位觀眾，好心腸的貓熊司機為了載老婆婆而放棄比賽了！」大嘴鳥播報員說：「現在領先的巫師先生已經到了許願池，湖神出現了！只要通過湖神的考驗，就可以繼續前進！」

湖神對著巫師大笑說：「呵呵呵，請說出火龍爸爸出品的玉米脆片，共有哪幾種口味？」

「炭燒口味、青椒口味、奶油口味，還有……」巫師努力回想「火龍家庭故事集」第84頁的內容。「可可亞口味！」

「答對了！真厲害。」

「哈哈，因為這些在我的便利商店都有賣啊！」

「各位觀眾！」大嘴鳥播報員說：「巫師順利通過湖神的考驗，騎上掃把繼續前進了，接下來到達許願池的是帥氣的王子，王子把機車停好，現在湖神要出題了！」

「1加1是2，1加2是3，」湖神說：「那請問，1234加2234是多少？」

「3234！」王子回答。

# 5

## 冠軍出現了

「啊，數學不好的王子也被淘汰了！」大嘴鳥播報員喊著：「現在緊追在巫師後面的競爭對手只剩下牛伯伯了！各位觀眾，你們有看過跑得這麼快的牛嗎？牛伯伯正朝著湖神飛奔而來！」

「站住！停下來！」湖神對著牛奶車大喊。

「湖神爺爺，他中了魔法，停不下來啊！」小火龍對著湖神喊。

「不停嗎？誰也別想硬闖過我這關！」湖神手一橫，攔住整條賽車跑道。

「啊，你的假髮掉下來了！」小火龍喊。

湖神一摸頭，牛奶車就一溜煙鑽過去了。

「啊！牛伯伯闖關成功！」大嘴鳥播報員大喊。

電視機前的火龍媽媽和爸爸歡呼起來。

「妹妹加油！」媽媽喊。

「再超過巫師就是冠軍了！」爸爸說。

從電視螢幕上的特寫鏡頭，可以看見牛奶車上的小火龍、小魔女和小狗，緊緊抓著牛奶車的護欄。

「各位觀眾，這真是一個驚人的發現，從皇家科學院脫逃的實驗動物就在那輛牛奶車上，這到底是怎麼回事呢？」電視上的大嘴鳥說：「好，現在大賽車已經進入最後階段，巫師先生只要穿過森林就到達終點了！牛伯伯緊追在後也進入森林了！」

「牛伯伯，快！」小火龍在車上大喊：「只要追上巫師先生，他一定有辦法幫我們的！」

牛伯伯拼命使勁，終於追上了巫師的飛行掃把。

「滿不錯的嘛，竟然能夠和我並駕齊驅。」巫師回頭看著老牛，微微一笑說。

「並駕齊驅是什麼意思？」小火龍從車上探出頭來。

「咦，你不是火龍家的妹妹嗎？」巫師張大了眼睛。

「爸！我們終於追上你了。」小狗也從車上探出頭來。

「汪！」小魔女也從車上探出頭來。

「女兒？你怎麼會在這裡？」巫師嚇一大跳。

「我才是你女兒，」小狗說。「爸！小心前面！」

巫師一回頭，叩，撞上一根橫在眼前的樹枝。

「各位觀眾，巫師摔下掃把了！現在牛奶車從森林裡飛奔出來，即將抵達終點！」大嘴鳥喊：「啊，有人騎馬埋伏在森林邊，是皇家科學院的壞特博士！他丟出一個繩圈，套住了牛伯伯！」

「壞博士追來了！」小火龍喊。

「是懷特博士才對！」騎著快馬的博士在牛奶車後面大喊：「快把小狗交出來！注射在牠身體裡面的藥物，馬上就要發作了！」

「那到底是什麼藥？你們做的是什麼實驗？」

「這不用你管！」

「那如果把小狗交給你的話，會怎樣？」

「我會讓牠好好睡一覺，一睡不醒。這樣人類就不會有危險了。」

「好可怕，我不要死！」車上的小狗全身發起抖來。「小火龍，快把我的身體換回來。」

小火龍剛拿起魔法課本，車子一震，課本飛了出去。

「完蛋了！」小狗抱住頭。「沒有課本，我不記得『換身術』的咒語啊！」

「我還記得一點點……」小火龍說：「開頭好像是紅綠燈的聲音……」

「叮咚？」

「然後是草原上的風聲。」

「沙沙沙？」

「然後是喝牛奶的聲音和笑聲……還有騎馬在草原上奔跑的聲音，最後是腳踏車的鈴聲。」

「啊，你真棒！我想起來了，」小狗大聲把咒語唸出來：

叮叮咚咚，沙沙沙，
咕嚕咕嚕，哈哈哈，
達拉達拉，你別怕，
叮鈴叮鈴，換一下！

「快，魔杖！先敲我！」

小狗喊。

小火龍舉起發光的魔杖，敲了一下小狗的頭，再朝著小魔女舉起魔杖……

車輪碾到石頭，車子一歪，魔杖往後飛了出去，叩，正中懷特博士的額頭。

「哇，怎麼會這樣，我不會騎馬啊！」變成博士的小魔女緊抱著馬脖子。

變成小狗的懷特博士看看自己的腳，看看自己的尾巴，慘叫起來。

「我變成狗了！而且藥效快要發作了！」

「別擔心，」小火龍笑咪咪的說：「我們馬上送你去實驗室，讓你一睡不醒。」

「不要！我不要死！」小狗跳下牛奶車。「救命啊！」

從電視螢幕上，所有的觀眾都可以看到，小狗向著賽車終點線飛奔，一邊跑，一邊喊著：「國王陛下，救救我啊！」

跑著跑著，小狗的身體開始變化，變得愈來愈高、愈來愈大……最後變得比牛還高，比馬還大，而且繼續長大。

「各位觀眾！小狗已經變得比房子還大了，現在牠已經把牛伯伯拋在後面，遙遙領先，看來冠軍就要產

生了！小狗已經衝過了終點線！現在牠已經像一座小山一樣大了！可是牠還停不下來……眼看就要撞上皇宮了！啊，國王出現了！」

國王站在城堡的城牆上，舉起劍，對著小狗喊：

「坐下！」

小狗聽話的停下腳步，在城堡前坐了下來。

「小狗，乖，來，打針！」國王拿起針筒。

「我不要打針……」小狗全身發抖。「我不是小狗！」

「我知道，你現在是大狗了。」國王說。

「我是懷特博士啊！」小狗低頭看著國王說：「就是幫你研發新藥，讓你變高變壯的懷特博士啊！」

「什麼變高變壯？胡說。」國王臉紅了。

「你不是說覺得自己長得太矮，要變高一點嗎？」小狗搖著尾巴說：「為了讓陛下長高，我們實驗很多次，犧牲很多小動物，眼看就快要成功了，可惜，這次在實驗動物身上注射的劑量不對，太多了，才變成這種結果。」

「噓！噓！別再說了！」國王覺得很丟臉。

小狗聽到噓噓的聲音，忍不住抬起腳，對著城堡尿尿。皇宮裡的侍衛把差點淹死的國王抬出去。

「對不起，我不是故意的……」小狗低下頭。

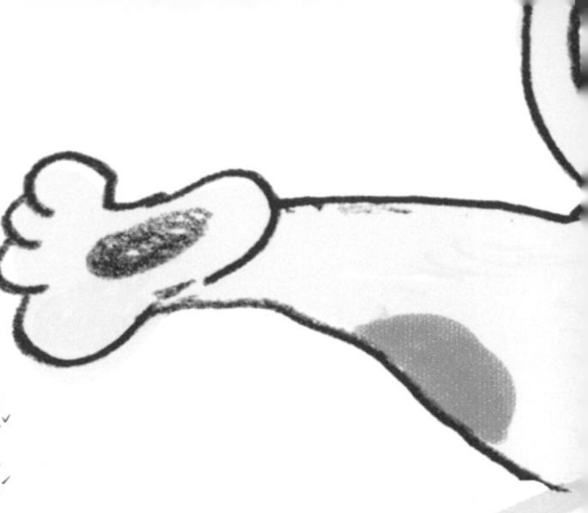

電視機前面的觀眾都哈哈大笑起來。

「各位觀眾，這次的大賽車圓滿結束了，因為城堡淹水，轉播工作就為您進行到這裡……」大嘴鳥捏著鼻子說。

# 6 小火龍的夢

一個月後……

一切都恢復正常以後……

所有該交換回來的，都換回來以後……

草原上又響起達拉、達拉、達拉、達拉的聲音。

接著是一聲，叮咚！

接著是，叩囉、叩囉、叩囉……

汪！

叩囉、叩囉、叩囉……

叮咚！

達拉、達拉、達拉……

碰！

聰明的讀者應該都猜得出這些聲音是什麼。

嗯，還是重來一次好了。

一位皇家騎士從城堡裡跑出來，達拉、達拉、達拉的騎馬跑過草原。

叮咚，草原上的十字路口，紅燈亮了，騎士停了下來。

叩囉、叩囉、叩囉……

一輛牛奶車慢慢走過十字路口。

汪！拖著牛奶車的大狗向騎士打招呼。

騎在大狗身上的是小魔女。

「看來，『冠軍』已經快要恢復正常了。」騎士看著大狗說。

「對啊，牠每天都會縮小一點，大概再一個禮拜就可以恢復小狗的樣子了。」小魔女向騎士揮揮手。「而且牠很喜歡『冠軍』這個名字呢。」

「牛伯伯有沒有好一點？」

「還是不能下床走路，他說腳還很酸。」小魔女聳聳肩。「我們只好繼續幫他送牛奶囉。」

「辛苦了！」

「拜拜！」

叩囉、叩囉、叩囉……

牛奶車通過了十字路口。

叮咚！綠燈亮了。

達拉、達拉、達拉……騎士快馬加鞭向前飛奔，來到了小火龍家門口。

碰！他推開大門。

擠在沙發上看電視的火龍一家人回過頭來。

「先把頭盔脫下來再講話。」火龍爸爸說。

「對，差點又忘了，」騎士把頭盔丟到一旁。「聖旨到！」

火龍爸爸、火龍媽媽和火龍哥哥都跪下來。

「恭迎聖旨！」

「咦，」騎士用手指頭數了一遍。

「怎麼只有三個人？」

「小火龍呢？」

「又跑哪兒去了！」

一陣翻箱倒櫃的聲音。

「不在垃圾桶裡。」

「不在儲物櫃裡。」

「也不在床底下。」

「這小子！又偷跑出去了！」火龍媽媽鼻孔冒煙。

乒乒乓乓，火龍全家又衝出門去找妹妹。

碰，門關上了。

騎士倒在沙發上，嘆了一口氣。

「唉，為什麼都沒有人要聽我宣讀聖旨啊？」

他拿起遙控器，打開電視。電視上的新聞記者正拿著麥克風播報著：

「各位觀眾，皇宮經過一個月的消毒除臭之後，終於恢復正常了。國王剛剛宣布，下令皇家科學院的懷特博士展開新的研究計畫，那就是發明一種幫助人類增加同情心的『愛心藥丸』，這一次，用來作藥物實驗的動物是懷特博士自己……」

窗外，溫暖的陽光閃耀著。
綠油油的青草搖曳著。
美麗的大草原上，小火龍
躺在一個草坡上，睡著了。

風好涼，好舒服。
小火龍臉上帶著微笑。
她夢到四隻小狗，在草原上
奔跑、玩耍，玩得好開心。

小火龍大賽車
路線圖
小（大）狗狂奔
終點
城堡
草原盃大賽車
起點
很大的森林
牛伯伯加入處
沙拉公主簽名處
池塘
皇后落水處

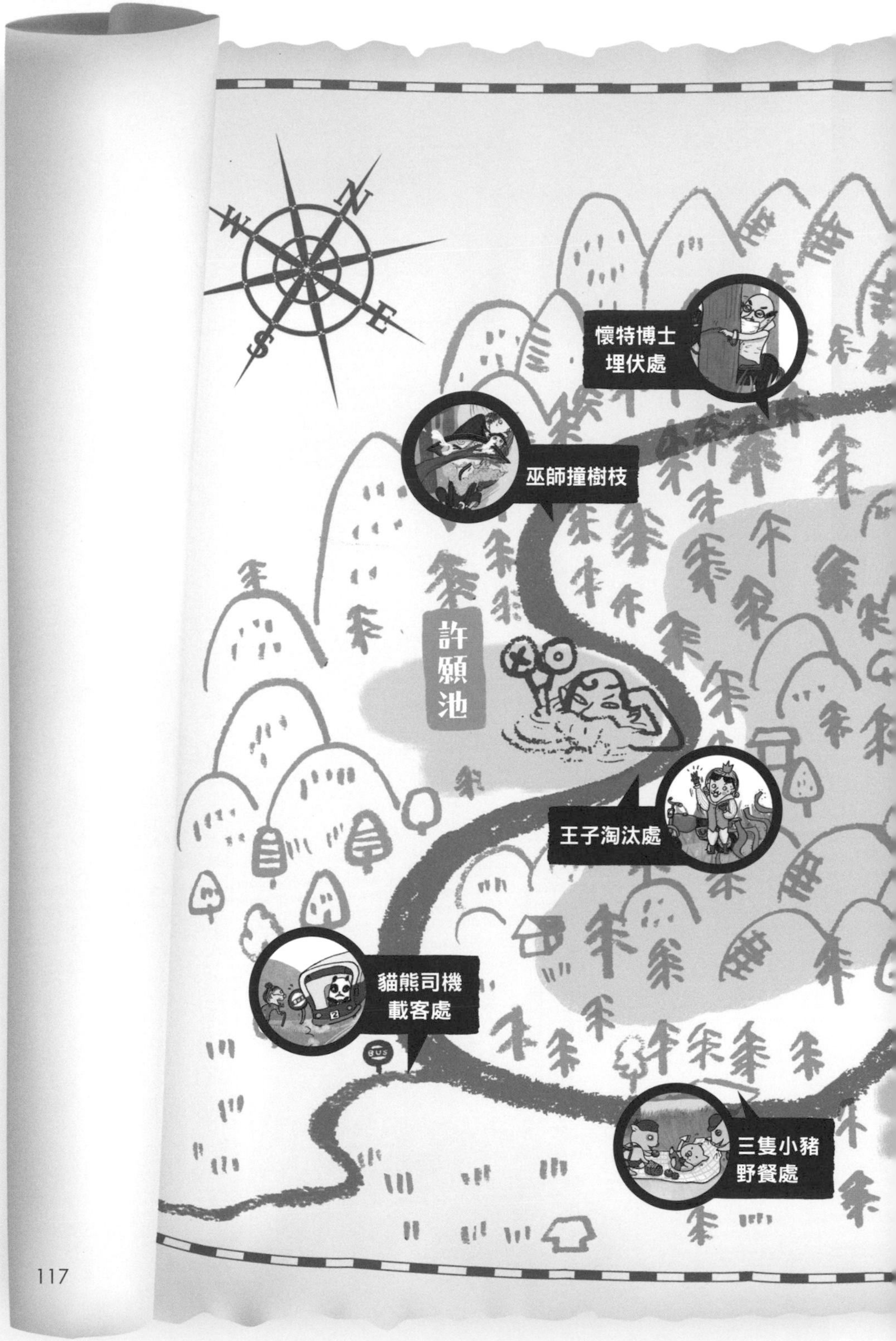
W
N
E
S
懷特博士
埋伏處
巫師撞樹枝
許願池
王子淘汰處
貓熊司機
載客處
BUS
三隻小豬
野餐處

# 有獎大搶答！

（代替作者的話）附錄：

主持人：第一題，夏天的時候，響起**達拉、達拉、達拉**的聲音，請問這是什麼聲音？

讀者一號：我知道，這是騎士騎馬跑過草原的聲音！

主持人：錯！

哲也：我知道！這是作者寫不出故事時，在桌上敲鉛筆的聲音。

主持人：答對了！第二題，請問，**叮咚，叮咚**，這是什麼聲音？

讀者二號：我知道！這是大草原上的紅綠燈亮起來的聲音！

主持人：錯！

哲也：我知道！這是作者拖稿的時候，電腦一直收到編輯催稿信，所發出來的聲音。

主持人：答對了！第三題，這一題的聲音沒有出現在書裡喔，請問，半夜的時候，響起**咔嚓、咔嚓**的聲音，這是什麼聲音？

# 「猜猜這是什麼聲音」

**讀者三號**：我知道，這是小暴龍夢遊時，把郵筒吃掉的聲音！

**主持人**：錯！

**哲也**：我知道！這是作者寫故事寫到半夜，肚子餓了，打開冰箱，發現一包過期的餅乾，於是把它統統吃光光的聲音。

**主持人**：答對了！恭喜哲也先生獲勝，獎品是：和湖神先生合照一張！現在我們就請湖神先生出場頒獎！

**湖神**：你就是作者嗎？竟然把偉大的湖神寫成像小丑一樣，還說我戴假髮，實在太過分了……哼，過來領獎吧！

（現場響起一片**乒！乓！碰！啊！哦！**的聲音。）

**主持人**：各位讀者，「猜猜這是什麼聲音」活動到此圓滿結束，下次再會囉！

（就是繪者的話之）

# 人生以挑戰極限和超越偶像為目標

賀！小火龍已經第五集了耶！有人可能會這麼說：「一直畫同樣的角色，很簡單、很上手了吧！」不，一點也不。

耶！熱騰騰！
給
新火龍！
編輯

因為每次接到新任務，都覺得人生再次獲得了全新的挑戰……

咦？
車!?
這次主題是「賽車」，加油囉！
一點也不熟！

（基本上，不學無術的水腦熟悉的東西本來就很少吧……哈哈哈）

雖然故事依然精采無比，讀著讀著腦中的畫面也慢慢的浮現，但對於這些動感十足的情節和不斷增生的角色和配備（交通工具）……

我還是忍不住在心裡吶喊了千百遍……

為什麼是賽車？為什麼！（淚）
看妳之前飛碟畫得那麼好，我想車子妳應該也很能勝任吧！
哲也
完全錯誤的臆測

（本圖為設計畫面）

本人對車類的陌生程度與第二集的棒球應該不相上下。
總之，連車都不會開……
煞車在哪？
借皇后的跑車一用
對賽車運動沒有任何研究，以至於常識極度缺乏……
跟賽車達人詢問正確旗號
喔！所以黑白格子旗表示終點囉？
（難怪F1常出現黑白格的圖樣）
甚至連賽車遊戲都玩不好……
為了熟悉賽車規則不得已玩起了「馬利歐賽車」
誰能告訴我為什麼我的馬利歐一直在最後一名呢？
誰知道！
講出本集經典台詞！賓果！XD
老公（初登場）
我剛剛明明一直保持第一名領先欸！
的這麼一位無能的繪者……
啊～
那個動態～
這個角度～
好難畫～
救命～
還是竭盡全力用我的方式把這本書呈現在您眼前了……
那坨黑黑的是什麼？
機車引擎吧？
認真點不要亂畫！
不像嗎？我研究很多重機照片呢！
滿地垃圾般的資料
嚴格的愛車人士代表
想起自己奉為神級插畫家之一的幾米曾經說過……
我不喜歡畫車子機械那些……
幾米（示意圖）
忽然覺得完成這樣一本關於賽車的書，好像超越了自己的偶像似的那麼驕傲呢！（挺）
來源不可考，應該是某演講座談之類。因為心有戚戚焉覺得他跟我好像（哪來的自信），且喜見知名插畫家也有不擅長畫的東西，所以莫名記住了，哈哈哈。

企劃緣起

# 讓孩子輕巧跨越閱讀障礙

◎親子天下執行長 何琦瑜

在台灣，推動兒童閱讀的歷程中，一直少了一塊介於「圖畫書」與「文字書」之間的「橋梁書」，讓孩子能輕巧的跨越閱讀文字的障礙，循序漸進的「學會閱讀」。這使得台灣兒童的閱讀，呈現兩極化的現象：低年級閱讀圖畫書之後，中年級就形成斷層，沒有好好銜接的後果是，閱讀能力好的孩子，早早跨越了障礙，進入「富者愈富」的良性循環；相對的，閱讀能力銜接不上的孩子，便開始放棄閱讀，轉而沈迷電腦、電視、漫畫，形成「貧者愈貧」的惡性循環。

國小低年級階段，當孩子開始練習「自己讀」時，特別需要考量讀物的文字數量、字彙難度，同時需要大量插圖輔助，幫助孩子理解上下文意。如果以圖文比例的改變來解釋，孩子在啟蒙閱讀的階段，讀物的選擇要從「圖圖文」，到「圖文文」，再到「文文文」。在閱讀風氣成熟的先進國家，這段特別經過設計，幫助孩子進階閱讀、跨越障礙的「橋梁書」，一直是不可或缺的兒童讀物類型。

橋梁書的主題，多半從貼近孩子生活的幽默故事、學校或家庭生活故事出發，再陸續拓展到孩子現實世界之外的想像、奇幻、冒險故事。因為讓孩子願意「自己拿起書」來讀，是閱讀學習成功的第一步。這些看在大人眼裡也許沒有什麼「意義」可言，卻能有效引領孩子進入文字構築的想像世界。

親子天下在二〇〇七年正式推出橋梁書【閱讀123】系列，專為剛跨入文字閱讀的小讀者設計，邀請兒文界優秀作繪者共同創作。用字遣詞以該年段應熟悉的兩千個單字為主，加以趣味的情節，豐富可愛的插圖，讓孩子有意願開始「獨立閱讀」。從五千字一本的短篇故事開始，孩子很快能感受到自己「讀完一本書」的成就感。本系列結合童書的文學性和進階閱讀的功能性，培養孩子的閱讀興趣、打好學習的基礎。讓父母和老師得以更有系統的引領孩子進入文字桃花源，快樂學閱讀！

國家圖書館出版品預行編目資料

小火龍大賽車 / 哲也 文；水腦 圖
-- 第二版. -- 臺北市：親子天下, 2018.01
128 面； 14.8x21公分. -- （閱讀123）
ISBN 978-986-95491-9-6（平裝）
859.6 106018443

閱讀 123 系列 —— 052

小火龍系列 5

小火龍大賽車

作者｜哲也　繪者｜水腦
責任編輯｜黃雅妮
美術設計｜林家蓁
行銷企劃｜王予農、林思妤

天下雜誌群創辦人｜殷允芃
董事長兼執行長｜何琦瑜
媒體暨產品事業群
總經理｜游玉雪
副總經理｜林彥傑
總編輯｜林欣靜
行銷總監｜林育菁
副總監｜蔡忠琦
版權主任｜何晨瑋、黃微真

出版者｜親子天下股份有限公司
地址｜台北市 104 建國北路一段 96 號 4 樓
電話｜（02）2509-2800　傳真｜（02）2509-2462
網址｜www.parenting.com.tw
讀者服務專線｜（02）2662-0332 週一～週五：09:00~17:30
讀者服務傳真｜（02）2662-6048
客服信箱｜parenting@cw.com.tw
法律顧問｜台英國際商務法律事務所．羅明通律師
製版印刷｜中原造像股份有限公司
總經銷｜大和圖書有限公司 電話：（02）8990-2588

出版日期｜2014 年 6 月第一版第一次印行
2024 年 10 月第二版第二十五次印行
定　價｜260 元
書　號｜BKKCD097P
ISBN｜978-986-95491-9-6（平裝）

訂購服務
親子天下 Shopping｜shopping.parenting.com.tw
海外．大量訂購｜parenting@cw.com.tw
書香花園｜台北市建國北路二段 6 巷 11 號　電話（02）2506-16355
劃撥帳號｜50331356 親子天下股份有限公司

閱讀123